Joyeux Noël
Benjamin!

Pour Hannah et Charlotte Cowan,
deux filles très spéciales — P.B.

À mes parents,
pour les chaleureuses mémoires
de Noël — B. C

Benjamin est une marque déposée de Kids Can Press Ltd.

Données de catalogage avant publication (Canada)

Bourgeois, Paulette
 [Franklin's Christmas gift. Français]

Joyeux Noël Benjamin

Traduction de : Franklin's Christmas gift.
ISBN 0-439-00434-9

I. Clark, Brenda. II. Duchesne, Christiane, 1949-   . III. Titre.
IV. Titre : Franklin's Christmas gift. Français.

PS8553.O85477F72614 1998 jC813'.54 C98-931332-8
PZ23.B68Jo 1998

Édition publiée par Les éditions Scholastic, 175, Hillmount Road,
Markham (Ontario) Canada, L6C 1Z7, avec la permission de Kids Can Press
Ltd.

4 3 2 1 Imprimé à Hong-Kong 8 9 / 9 0 1 2 3 4 / 0

Joyeux Noël Benjamin!

Texte de Paulette Bourgeois

Illustrations de Brenda Clark

Texte français de Christiane Duchesne

Les éditions Scholastic

Benjamin adore Noël. Il connaît le nom de chacun des rennes du père Noël. Il sait faire des boucles en ruban et jouer «Sainte nuit» à la flûte.

Benjamin aime offrir des présents et en recevoir aussi. Mais cette année, il ne sait pas quoi donner à la collecte de jouets.

En décembre, à chaque année, les élèves
de monsieur Hibou donnent des cadeaux à
des familles qui sont dans le besoin. Ils offrent
des jouets neufs ou juste un peu usés.

Quand monsieur Hibou sort sa grande boîte,
l'excitation gagne toute la classe. Les élèves ont
trois ou quatre jours pour choisir un jouet
à donner.

Ce soir-là, Benjamin fouille dans ses jouets.

Il découvre une belle voiture rouge.

— Oh, je m'en souviens! dit-il en la faisant rouler. Vroummm!

Ensuite, il trouve un éléphant en peluche et le serre contre lui.

— Je te croyais disparu! s'écrie-t-il.

Ensuite, Benjamin trouve ses billes jaunes. Il les cherchait depuis des semaines.

— Super! hurle-t-il.

Benjamin adore ses billes. Il les a gagnées, l'une après l'autre. Elles sont toutes belles.

Benjamin fouille parmi les autres jouets. Il décide de tout garder, sauf un vieux camion rouillé auquel il manque une roue.

Benjamin demande à son père de l'aider à réparer le camion.

— Je veux bien, répond son père. Mais il n'aura pas l'air neuf, ni juste un peu usé.

— Mais c'est tout ce que j'ai! Tous les autres jouets ont quelque chose de trop spécial pour que je les donne.

— Réfléchis à ce que tu viens de dire, dit le père de Benjamin. À Noël, il faut être généreux.

À l'école, le lendemain, Benjamin demande à ses amis ce qu'ils vont donner.

Lili Castor offre son gros livre de questions et réponses.

— Je connais déjà les réponses, dit-elle pour se vanter.

— Moi, je donne un casse-tête, dit Martin Ours. Je ne l'ai fait qu'une fois.

Benjamin fronce les sourcils.

— Je pense que je vais donner un… camion.

Il lui reste encore deux jours pour prendre sa décision.

Mais Benjamin est bien trop occupé pour penser
à la collecte de cadeaux.

Il joue des clochettes au concert de l'école, prépare
une carte pour monsieur Hibou et écrit une histoire
de vacances.

«J'irai chercher mon jouet après l'école»,
se promet-il.

Lorsque Benjamin rentre à la maison, il y a un cadeau pour lui sous l'arbre de Noël.

De la part de sa grand-tante Henriette.

Benjamin secoue le cadeau dans tous les sens.

— Défense de toucher! dit sa mère en riant.

— Sais-tu ce que c'est? demande Benjamin avec impatience.

— Ce doit être quelque chose de très spécial, répond la mère de Benjamin en souriant. Tante Henriette offre toujours un cadeau qui veut dire beaucoup pour elle et pour toi.

— Comme l'année dernière, dit Benjamin.

Tante Henriette savait qu'il aimait monter des spectacles. Elle lui avait donné deux marionnettes qu'elle avait quand elle était petite. C'était un des plus beaux cadeaux que Benjamin avait reçus.

Tout à coup Benjamin se sent très mal à l'aise. Il n'a toujours rien choisi pour la collecte de cadeaux.

Le lendemain à l'école, la boîte de présents déborde.

— Vous avez été très généreux, dit monsieur Hibou. Savez-vous que le cadeau que vous offrez sera peut-être le seul qu'un enfant recevra?

Benjamin a la gorge serrée. Il doit apporter son cadeau demain.

Après l'école, Benjamin court à la maison et regarde encore tous ses jouets.

Quelqu'un d'autre pourrait bien aimer son éléphant, mais il est usé par trop de caresses.

Et puis, sa voiture rouge ne roule pas assez vite.

Benjamin est bouleversé. La première fois, tous ses jouets avaient quelque chose de spécial. Aujourd'hui, rien n'est assez bien.

En jouant avec ses marionnettes, Benjamin pense à la manière dont tante Henriette choisit ses cadeaux.

— Les plus beaux cadeaux sont ceux qu'on aime autant offrir que recevoir, murmure-t-il.

Puis Benjamin voit sa collection de billes et comprend qu'elles sont assez spéciales pour la collecte de cadeaux.

Il les nettoie, les frotte bien et les place dans un joli sac violet. Il enveloppe le sac et rédige une carte qui dit :

Voici des billes porte-bonheur
Joyeux Noël!

Le lendemain matin, Benjamin dépose son cadeau dans la grande boîte.

Puis, avec ses amis, il tire la boîte jusqu'au grand sapin de l'hôtel de ville.

Chacun place son présent au pied de l'arbre.

Benjamin sait que ses billes vont lui manquer. Mais il ne se sent pas triste du tout. Au contraire, il est merveilleusement bien.

La veille de Noël, tante Henriette passe à la maison et permet à Benjamin d'ouvrir son présent.

Il défait le papier.

— C'est super! s'écrie Benjamin. Merci beaucoup.

Le sourire de tante Henriette illumine son vieux visage. Elle a construit un théâtre pour les spectacles de marionnettes de Benjamin.

— Ouvre le tien, maintenant, dit Benjamin.

Tante Henriette déballe lentement
son cadeau, avec beaucoup de soin.

À l'intérieur, elle découvre une pièce
de théâtre, écrite par Benjamin et qui lui
est dédiée.

— C'est le plus beau cadeau de ma vie,
dit-elle.

Et Benjamin se sent encore une fois,
merveilleusement bien.